El viejo y su puerta

por **Gary Soto**

ilustraciones de **Joe Cepeda**

traducción de Leticia Huber

PAPERSTAR

Penguin Putnam Books for Young Readers

Para Francisco y Apolonia Soto,
mis abuelitos. —G. S.

Para mi familia. —J. C.

Text copyright © 1996 Gary Soto. Illustrations copyright © 1996 by Joe Cepeda
Spanish translation © 1998 by The Putnam & Grosset Group. All rights reserved. This book, or parts thereof, may not be reproduced in any form without permission in writing from the publisher. A PaperStar Book, published in 1998 by The Putnam & Grosset Group, 345 Hudson Street, New York, NY 10014. PaperStar is a registered trademark of The Putnam Berkley Group, Inc. The PaperStar logo is a trademark of The Putnam Berkley Group, Inc. Originally published in 1996 by G. P. Putnam's Sons. Published simultaneously in Canada. Manufactured in China. Book design by Patrick Collins. Text set in Aurelia.
Library of Congress Cataloging-in-Publication Data
Soto, Gary. The old man and his door / by Gary Soto; illustrations by Joe Cepeda.   p.   cm.   Summary: Misunderstanding his wife's instructions, an old man sets out for a party with a door on his back. [1. Doors—Fiction. 2. Parties—Fiction.] I. Cepeda, Joe, ill. II. Title.
PZ7.S7242O1   1996   [E]—dc20   94-27085   CIP   AC
ISBN 0-698-11654-2 (English)   10 9 8 7 6 5 4 3 2
ISBN 0-698-11655-0 (Spanish)   10 9 8 7 6 5 4

En México hay una cancioncita que dice "La puerta. La puerca. Al viejo lo mismo le da". Eso es porque a un viejo las dos palabras le suenan muy parecidas —sobre todo si no escucha con atención. Así es que sean jóvenes o viejos, escuchen atentamente porque si no, ¡se pueden meter en un lío!

Ésta es la historia de un viejo que vivía en un pueblito. El viejo era bueno para trabajar en la huerta, pero malo para escuchar a su esposa.

Él podía cultivar los jitomates más grandes y los chiles más picosos de todos. Sus gallinas eran blancas y grandotas, y sus puerquitos gorditos como globos.

Pero siempre que su esposa lo llamaba, corría a su huerta y agarraba una azada, haciendo como que estaba muy ocupado. Después, durante la cena le decía: —Vieja, es que no te oí.

Un sábado, mientras estaba en el porche bañando a su perro Coco, su esposa salió de la casa vestida con sus mejores ropas. Se iba a una barbacoa a casa de su comadre.

—No quiero que llegues tarde, Viejo —le advirtió.

—No —le prometió él—. Nomás déjame acabar esto.

Pero justo en ese momento Coco saltó de la tina y se echó a
correr, con una montaña de espuma en el lomo. El viejo soltó el
jabón y el cepillo, y salió corriendo detrás de él. Corrieron tres
veces alrededor de la casa y corrieron nueve veces alrededor del
aguacate, con los pollos y los puercos siguiéndolos en estampida.

—Quiero que lleves la puerca —gritaba su esposa cada vez que él pasaba enfrente de la casa—. ¿Me oíste? La puerca. ¡No se te olvide llevar la puerca!

—Sí. Entiendo. ¡Ya te oí! —El viejo jadeaba mientras corría, sin escucharla realmente. Por fin Coco se metió entre las matas de los jitomates, donde el viejo lo agarró para llevárselo de regreso a la tina.

Un poco mareada de tanto verlos correr, la esposa cerró la cerca tras de sí y se fue por el camino.

El viejo se puso a bañar a Coco de nuevo. Cuando acabó se rascó la cabeza y se dijo, "Pues, no sé por qué mi esposa quiere que me lleve la puerta".

Pero no se atrevió a discutir. Se encogió de hombros y desatornilló la puerta de la entrada. Con gran esfuerzo se la echó al hombro y se fue por la calle.

Luego de un rato se detuvo a descansar cerca de una chocita.
Afuera había una chiquilla cuidando a su hermanita menor que
estaba llorando.

—¿Qué pasa? —preguntó el viejo—. ¿Qué tiene?

—La nena está aburrida —respondió la niña—. No tiene con qué
jugar más que sus dedos y un agujero en su bolsillito.

—Pobrecita —dijo él mientras acariciaba su pelo suave.

De pronto al viejo se le ocurrió una idea. Abrazó a la nenita y la
llevó hasta donde había dejado la puerta. Puso a la nena de un lado,

y él se quedó en el otro lado. Juntos jugaron a "A que no me ves" y
"Tan-tan-tan. ¿Ya está el pan?" hasta que la nena le dio un beso e
hizo gorgoritos de felicidad.

El viejito siguió su camino hacia la barbacoa, silbando y pateando una piedrita mientras caminaba. El camino estaba vacío y el cielo azul, ancho como un sombrero.

Entonces, al pasar bajo un árbol, la puerta golpeó un panal de abejas que colgaba de una rama.

De repente, el viejo se vio rodeado de una enojada enjambre de zumbantes abejas.

—¡Ay, ay, ay! —gritó y corrió hasta que se le cansaron las piernas—. ¡Estas abejas son rapidísimas! —Jadeando, se echó al suelo con la puerta sobre él, hasta que las zumbantes abejas se alejaron. Luego, poco a poquito, abrió la mirilla de la puerta y no vio nada más que un cuadrito de cielo azul.

—¡Qué cerquita la ví! —dijo, y se puso de pie. El viejo miró el panal, y se imaginó la miel adentro. "No tenía caso desperdiciarla", pensó. Así que vació la miel en su sombrero, lo puso sobre la puerta y continuó su camino.

Poco después, una gansa medio agotada cayó del cielo y aterrizó sobre la puerta, que ahora se hizo más pesada al tener encima el bulto de plumas.

—Por favor, descansa sobre mi puerta —ofreció el viejo—. Aprovecha el viaje tanto como quieras.

La pobre gansa graznó agradecida. Se quedó por un trecho sobre la puerta, y cuando el viejo se paró a descansar, la gansa abrió las alas y se fue volando. El viejo se limpió el sudor de la frente y se volteó para ver la puerta.

"¿Y esto qué es?" se preguntó con los ojos brillantes. Sintió el peso de un gran huevo en la palma de la mano.

—¡Ay, Dios! —dijo radiante—. ¡Qué suerte tengo!

Echó a andar de nuevo con la puerta sobre los hombros. Al poco tiempo oyó gritos que venían del lago. Se protegió los ojos con la mano y miró hacia el agua.

—¡Auxilio! —gritaba un niño—. ¡Socorro!

El viejo bajó corriendo al lago. Echó la puerta al agua y remó hasta donde estaba ahogándose el niño. Lo jaló y lo subió a la puerta, donde tanto el viejo como el chiquillo jadearon aliviados. Una tortuga salió arrastrándose de la camisa del viejo, y un pez le saltó de un bolsillo.

El niño estaba muy agradecido. —Mil gracias —dijo.

—Nomás prométeme —dijo el viejo conforme se dirigía a la orilla—, que vas a hacerles caso a tus papás y no te vas a andar metiendo al agua sino hasta que sepas nadar.

Ya en tierra, el viejo le quitó de la cara una hojita mojada que se le había pegado. Luego le sacó un pez de la camisa. —Mira, ¡otro! —dijo, admirando sus escamas brillantes. Se lo metió en el bolsillo.

El viejo le dijo adiós con la mano y se echó la chorreante puerta sobre los hombros. Ahora se apresuró para volver al camino porque sabía que iba a llegar tarde a la barbacoa. Su esposa estaría enojada.

Pero se detuvo después de unos minutos, cuando vio a un joven intentando cargar muebles en su camión.

—Mira, usemos esto —dijo el viejo, dándole palmaditas a la puerta.
La apoyó contra el camión para que pudieran usarla como rampa.
Luego cargaron sillas y mesas, y un gran piano que tintineaba mien-
tras lo empujaban.

—¡Muchísimas gracias! —dijo el muchacho.

—De nada —respondió el viejo—. No me imaginaba que una puerta tuviera tantos usos.

Juntos colocaron la puerta sobre los hombros del viejo. El joven puso dos sandías, una a cada lado de la puerta.

—Éstas son de mi huerta —dijo.

Cargado con sus regalos el viejo se apresuró y finalmente llegó a casa de la comadre. La barbacoa era en el patio. Había música y una piñata de burrito colgaba de un árbol.

—¡Ya llegué! —anunció. La puerta se le deslizó de los hombros.

—¡Ay, Dios! —gritó su esposa—. ¿Qué andas haciendo con la puerta?

—Pues, tú me dijiste que la trajera —dijo, secándose la frente—. No fue nada fácil.

—¡Te dije que trajeras la puerca, no la puerta! —se volteó hacia su comadre—. Nunca oye lo que le digo. Le pido que traiga la puerca, ¡y trae la puerta!

Al viejo le dio risa. Sacó el huevo del bolsillo y dijo: —Pero mira qué más traje.

—¿Un huevo? —dijo sorprendida.

—Sí. Un huevo, y miel, un pescado ¡y estas sandías! Y hasta esto —dijo, y le dio a su esposa el beso que le había dado la nenita.

—¿Todo esto trajiste? —su esposa preguntó ruborizándose.

—Sí. Déjame contarte cómo sucedió. . .

—Cuéntenos mientras cenamos —interrumpió amablemente la comadre.

Asaron el pescado, cocieron el huevo, rebanaron las sandías,

hicieron de la puerta una mesa y pusieron en el centro el sombrero
lleno de miel.

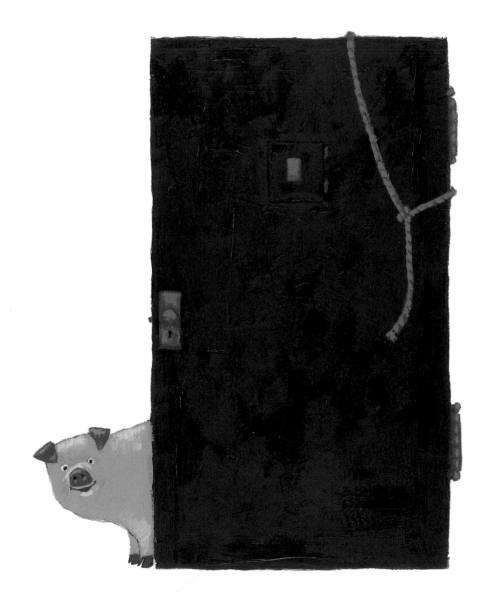

La puerta. La puerca. ¡Al viejo lo mismo le da!